KB112560

시즌2

노곤하개 ❻

홍끼 글·그림

Vi∂BT기
ViaBook Publisher

랜선집사 모두 모이개!

반려동물을 키우는 건 굉장히 힘든 일입니다.

힘들고, 힘들고, 또 힘들어요.

매일같이 산책과 청소를 하고, 배설물을 치우고, 털을 빗겨주고,

밥은 물론, 간식도 잘 챙겨줘야 하고 시간을 내서 놀아줘야 하죠.

병원비는 어찌 그리도 많이 나오는지,

항상 영수증을 받고 깜짝 놀라곤 합니다.

많은 집사들은 이 말에 공감하고 계실 거예요.

반려동물은 사람과 같이 감정을 느끼고 나타내죠.

혼자 있으면 외로워하고, 집사가 놀아주지 않는다면 서운해해요.

그래서 언제나 내버려두지 않고, 같이 놀고 쉬고 모든 걸 공유해요.

그렇지만 언제나 반려동물과 함께하고 싶은 사람들도

반려동물을 선뜻 데려오지 못합니다.

생명을 책임진다는 건 너무 무거운 일이고
기를 수 있는 환경, 가족의 동의, 경제적 여유로움 등
너무 많은 것들을 따져봐야 하기 때문이죠.

맞아요. 반려동물 키우지 마세요, 너무 힘들어요.
그렇지만 '랜선집사'가 되는 건
여러분도 할 수 있어요!
재구, 홍구 그리고 줍줍, 욘두, 매미의 랜선집사가 되어주실 분들께
이 책을 바칩니다.

2019년 7월

 멍냥집사 홍끼

차례

Holiday

바이 올린이
우리 집에 왔다

나 제주도
갔다 온다.

엉~ 가라.

그래서 말인데.

『5kg을 위하여』
어시스턴트 주도

바이 올린 좀
맡아줘!

따 단!

바이 올린이
우리 집에 왔다.

바이 올린이는 어느샌가부터

오랜만이야 바이 올린~
언니 저번에도 봤지?

바이 올린이한테
간식도 줬지?

나를 극도로
싫어하기 시작했는데

야 너희들
어떻게 그러냐!!!

캬아악

캬아악

어? 이래서
머리 검은 짐승은 거두는 게
아니라고 어?

너한테 개 냄새 나서
그러는 듯?

그런데 종구는 괜찮다고 함.

이용~

바이 올린 안녕~

쓰담

나 싫다고 벽장 위로 올라간 거면서…

히야~ 암컷이다 이거냐.

부비 부비빗

야 너희들 나한테 어떻게 그래! 나는 너희들이랑 살았고! 종구는 너희들이랑 거의 초면인데.

야, 너희들 간식, 다 쟤 주머니에서 나왔던 거야…

소곤

알 바냥.

너무너무 억울하다…!

그나저나 오랜만에 본
바이 올린은

오늘부터
내 침대!

맙소사…
목 어딨어 목.

돼록

전보다 훨씬 더
돼냥이가 돼 있었다.

혹시나 싶어서 굴려봤더니
진짜 굴러감.

이래서
싫어하는 거 아님?

캬아악

아 ㅎ

나 진짜 간식 일주일에
한 번밖에 안 줘…

절레절레

돼루욱~

사료도 다이어트용으로
제한 급식해.

그렇지만 역시 뚱냥이는 귀엽다.

그렇게 주도는 갔고

깡패 줍줍이가 간다!

✚ 겨울의 고양이들에게는

토도토도독

얘옹

아이고
우리 좁주비~

전기 속성이 추가된다.

파지지지직

정전기 공격

고양이들은 중성화 때문에 쉽게 비만이 되기도 합니다.

고양이의 비만

원인

체중 증가는 장기간 사용하는 칼로리보다 섭취하는 칼로리가 높아졌을 때 발생하며,

이로 인해 발생한 과도한 에너지는 지방으로 저장됩니다.

중성화수술을 한 고양이는 수술하지 않은 고양이보다 체중이 더 잘 증가하는 경향이 있습니다.

중성화수술을 하면 몸에서 필요로 하는 대사율이 20퍼센트 감소하기 때문입니다.

중성화수술을 한 고양이는 수술하지 않은 고양이보다

몸을 유지하는 데 필요한 음식이 더 적습니다.

활동성도 에너지 요구량에 많은 부분 기여를 합니다.

아무래도 활동이 적거나 운동할 기회가 제한된 고양이라면

활동적인 고양이에 비해 체중이 증가할 가능성이 큽니다.

또 고양이 나이 2년령 이하에서는 과체중이 적지만 2~10년령에는

에너지 요구량이 적어지므로 음식을 조절해 먹지 않으면 과체중이나 비만이 되기 마련입니다.

음식 요인 중에는 기호성이 좋고 에너지 치밀도가 높은 사료를 급여하는 것이

칼로리 과다 섭취를 유발합니다.

약물 중 스테로이드, 식욕 증진제 또한 과식을 유발해 과체중과 비만을 야기합니다.

치료 방법

고양이의 경우 체중이 급격히 줄면

간 내 대사가 변화해 지방이 축적되는 지방간이 유발됩니다.

따라서 체중을 매일같이 측정하면서 장기간에 걸쳐 체중을 감량하는 것이 중요합니다.

개는 1주일에 1~2퍼센트, 고양이는 1주일에 0.5~2퍼센트씩 감량하는 것이 바람직합니다.

고양이는 개나 사람과 달리 육식동물입니다.

따라서 고단백, 고식이섬유, 저지방, 저탄수화물로 된 체중 감량 처방식을 급여하는 것이

제지방체중(지방을 제외한 체중)을 유지하면서 지방을 줄이는 데 효과적입니다.

고단백은 대사와 에너지 소비를 자극하고 포만감을 주므로

고양이가 밥을 먹고 나서 단시간 내에 배고픔을 느끼지 않도록 해주고,

식이섬유는 에너지는 적지만 장의 대사와 에너지 사용을 동시에 자극해줍니다.

사료뿐만 아니라 고양이가 레이저 포인트 쫓기나 장난감 놀이를 하면서

운동을 하고 집 안에서 돌아다닐 수 있게 도와주는 것이 좋습니다.

목표 체중에 도달하면 활동력이 적은 고양이들에게 급여하도록 고안된

저칼로리 사료를 급여하도록 합니다.

멍멍이들의 편식 (1)

아무리 생각해도

멍멍이들의 편식은
너무 심했다.

이걸 확실하게 느낀
순간은 바로

선물 받은 소고기

오늘부터 간식 그냥 주기 금지! 사료에 올려 주기도 안 돼!

잉...

알았지? 여보도 도와줘야 돼요.

편식 고치기가 시작됐다.

사실 구들의 편식 고치기가 어려웠던 이유는

간식 안 준다고? 그럼 안 먹개.

흥.

구들이 밥 없이도 너무 잘 버티는 녀석들이었기 때문이다.

열심히 굶다가

꼬르륵 꼬륵

절루 가. 간식 안 줘.

간식을 안 주는 내 옆에 와서는

꾸웨에에엑

보란 듯이 공복토를 한다.

갑갑……!

이놈들아 제발 토할 거면 밥을 먹으라고~!

멍멍이들은 공복토를 하고도 한참을 아무것도 먹지 않다가

스윽 스윽

밥그릇에 꼭 한번 기웃기웃.

쿵... 퓨...

간식 안 줌?

아 안 준다니까!!! 얼른 사료 먹어!

결국 저녁까지 안 먹다가 또 토한다.

꾸웨에에에엑

어? 다른 강아지들은
너무 잘 먹어서

다이어트한다고
간식도 제대로 못 먹던데

간식 쳐

너희들은 왜
안 먹어서 난리냐.

아니···
그 간식은 말고
다른 거개···

싸잉

심지어 간식도 편식함.

배가 불렀네
배가 불렀어.

지금 구들의 편식에는 아마도
할머니의 영향이 컸을 것이다.

사료만 먹으면
맛이 없어~

고기와 호박을
끓인 국

할머니, 강아지
그렇게 밥 주면 안 돼.

내가 줄게~
미리 주지 마.

이…
글러먹은 놈들…

냠냠냠
챱챱챱

저렇게 안 주면
심심해서 못 먹어!

할머니
보고 싶개!

멍멍이들의 편식을 고칠 때
가장 힘든 일은

간식을… 못 먹어서…
몸이 아프고… 토도 하고…

사료 먹어!!!

단호하게 행동하기
인 것 같다.

뭔가 더 좋은
방법이 없을까요?
나… 너무 맘이 아파…

흠…

그리고 애들
나 일부러 더 신경 쓰라고
꼭 내 옆에 와서 토한다?

내가 한번
해볼게요!

종구가 나서보기로 했다.

강아지들은 공복 상태가 계속되면 쉽게 공복토를 하기도 합니다.

멍멍이들의 편식 (2)

도저히 나아지지 않는
멍멍이들의 편식…

종구가 나서보기로 했다.

그래 여보, 어떻게
해보려는 거야?

오빠가 다아
생각해놓은
방법이 있습죠.

오~~~

산책을 미친 듯이 해서 배가 고플 수밖에 없게 만든다!!!

다다

다다다

야~~~ 인마!!!

헉… 허억… 헉… 와프 죽는다…!

어휴 노인네~

?!

님 나보다 아홉 살이나 많음.

생각보다 효과가 좋았다.

까득 까득 까드득 챱챱챱

호오오옹?

부작용 : 인간에게도 효과가 좋음.

폭 식

쩝쩝 쩝

몸이 탄수화물을 원해!!!

이 짓을 며칠 반복하다 보니

건강하게… 찌고 있어…!

퀘에엥

냠냠냠

구들은 어지간한 산책으로는 배가 고파지지 않는

야~ 이놈들아~!!!

안 먹개.

맛없개.

강철 체력이 되어버렸다.

이제 이렇게 무식한 방법으로는 안 되겠어…!

내가 어디서 봤는데 냄새를 많이 맡아야 배가 고프대요.

냄새를 많이 맡을 수 있는 곳으로 가봅시다.

쥐 냄새가 많이 나는 장소

쿵쿵쿵!!!

이건 이거대로 힘들어잉!!!!

쿵쿵쿵쿵!!!

도시에 와서 깨달은 점 하나

구가 찾으니까 쥐가 나와…

깽깽

끼잉끼잉

인도 옆 가로수, 벤치에는 쥐가 드글드글하다.

간식을 아주 잘게 잘라
봉투에 챙긴 다음

산책 중에 만난 풀밭에
뿌려주기로 했다.

노즈워크는 놀이인 줄
알기 때문에 잘 먹는다.

킁킁킁

챱챱챱

주의해야 할 점은
정말 입맛이 돌 정도로만
감질나게 해줘야 한다는 점!

절대 놀이로
배가 불러서는 안 된다.

입맛이 돌았개.

좀만 더 주개.

마치 이런 것과 비슷하달까.

안 먹어.
나 다이어트해.

······

한 입만
먹어볼까?

다이어트는
내일부터다!

입맛이 돌아서 폭식

나와 남편의 피나는 노력으로
구들은 결국

그것참…

깨작

'간식을 잘게 썰어주면
밥을 그래도 곧잘 먹는 정도'가 됐다.

우리도 매일 똑같은 시리얼 먹으면 엄청 먹기 싫잖아. 그렇죠?

이렇게라도 위로를 해보는 건가.

.....

간식 좀 주개.

너무 잦은 간식 급여는 편식의 원인이 될 수 있어요.

멍냥이의
응가 치우기

멍멍이의 응가를 치우기 전에는
아주 중요한 준비 운동이 존재한다.

숨 고르기 운동!!!

후! 하! 후! 하!

최대한 많은 숨을
들이마시고

호오옵!

숨 참기 시작!

흡!

숨을 참을 수 있는 시간
30초 동안

샤샤샥 샤샤샥

최대한 빨리 멍멍이의
응가를 처리한다.

똥 봉투 한 장 가지고는
냄새를 막을 수 없다.

적어도 똥 봉투 두세 겹은 써서
냄새를 차단해주자.

깔 끔

33

걸을 때마다 똥 봉투가 흔들리면서
은은한 똥내가 풍겨온다.

여보는 그냥 건드리지 마. 오빠가 다 치울 테니까요.

박종구…!

응가로 피어나는 사랑…!

너 내가 제일 사랑하는 거 알지!

응, 그럴 때만.

고양이의 응가도 절대 쉽지 않다.

헙…! 냄새!

스멀

스멀~

당신을 응가 치우기 전문가로 임명합니다.

이런 전문성 싫엇!!!!

물론 종구가 없을 땐 내가 치워야 한다.

호오오옵!

스윽 슥

고양이 주제에 흥구만큼 싼다.

저리 가! 빨리 치워야 돼!!!

응가를 치울 때면 꼭 구경하러 오는 고양이들.

휘이 휘이!

그럴 때면 꼭 줍줍이는

기웃기웃

뭐야 흥줍줍.

짜룡!

뿍!

뿍!

뿍!

꼭 치우고 나면 바로 싼다.

척척

부빗

마무리!

강아지는 보호자가 자신의 변을 치워주는 걸
자기에 대한 관심 표현으로도 생각해서 정말 좋아한대요.

줍줍이와 간식 도둑

줍줍이는 조그만 것들을
모으는 취미가 있는데

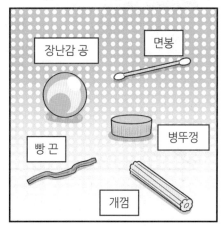

장난감 공

면봉

병뚜껑

빵 끈

개껌

이것들을 꼭 화장실 배수구
근처에 모아놓고는 한다.

우와~ 여기 줍줍이
보물 상자야?

으

쓱

네가 청소해
이 자식아.

밤이 되었습니다.

줍줍이는 눈을 떠주세요.

번 뜩!

줍줍이는 밤에
몰래 거실로 나와

타
악

문 정도는
쉽게 연다!

간식통도
열어젖힌다!

구들의 간식을
털어 갔던 것이다.

나는야
괴도 줍줍.

나중에야 알게 된 사실.

이건 분명 고양이의 이빨 자국…!

님하?

맞아. 구들은 멍청해서 간식통 못 열 텐데…!

나중에는 아주 대놓고 범죄를 저지르기에 이르렀다.

야 인마 홍줍줍!!!

먹어라 구구들아

구구구

구구구!

이런 줍줍이에게 잔소리를 할 때면

이놈 한다 이놈!

너는
못 들어오지롱.

호다닥

꼭 들어가서 숨어버리는
스크래처 냥집이 있었는데

인간을 약 올리던 줍줍이의
발 옆으로 뭔가가 튀어나왔다.

이게
뭔가욘?!!!

도로록

이거
개껌이잖어!

그래서 확인해봄.

맙소사…

그르릉그르릉

여기가 너의
간식 창고였구나…

다람쥐 줍줍.

겨울나기 준비끝~!

줍줍이는 그날
며칠이나 모았을지 모를 간식들을

다시 반환할
수밖에 없었다.

악! 앨-꽁

봉지째로
가져갔네;;

구들아
의심해서 미안해.

뭐야 개이득

줍쒸…!

줍쒸익…!

딱 걸린 줍줍.

개이득.

고양이는 손을 굉장히 잘 사용하는 동물이에요!
고양이가 문을 열고 가출하지 않게 방묘문을 설치해주세요.

테러멍 재구

재구는 가끔씩
테러멍이 된다.

불

틀틀틀틀틀틀틀

안

나쁜 일이
일어날 것 같은
예감…!

쉬야 테러멍!

쉬이이이이이-!

더러워어
어어엇!!!!!

재구는 인간이 가장
방심할 수밖에 없을 때인

[주머니 괴물 잡기]
시간을 노려

쉬야 테러를
일삼는다.

그렇지만 재구가
의도하지 않을 때도

테러는 얼마든지
일어난다.

쉬이이이잇-!

야야! 쉬가 왜
여기까지 오냐!!!

다리를 너무 힘껏 든 나머지
엄청나게 민폐 끼치는 재구.

죄송ㅎ

엄청 멀리
날아오는 쉬

재구의 테러는 인간에게만
국한되지 않는다.

쉬쉬쉬쉿!

멍댕

야, 동생한테
맞을 뻔했잖아!

그러던 어느 날.

어우 힘들다 구야
잠깐 앉아서 쉬자.

털 쎅!

우리 홍구
또 애교 부려요~?

포옥

부빗

애교는 페이크
사실 닦으려고 그런 거임 흥

흥 건

으아아악 멍청이야!!!!
그걸 왜 맞고 있었어!!!

너는 동생한테
왜 그러냐!

오줌 범벅

넌 내 거
찜꽁.

그렇게 집에 가는 길.

후다닥-

눈빛 발사!

안 돼요!!
얘는 더러워요!!!

강아지
만져봐도 될…

밤이라서 잘
못 보신 것 같다.

진짜
더러워요!

아… 네…
안 더러운데…

그리고 말
멍멍이에겐
상처라고!

아앗, 아 진짠데…
이걸 설명할 수도 없고.

그리고 또 다른 어느 날
종구가 응가를 처리한다고

여보, 재구 좀
데려와줘요.

응.

재구를 잠시
나무에 묶어뒀다.

재구야
누나가 풀어줄

흥   건

길에서 강아지와 인사할 땐 꼭 보호자에게 물어봐주세요.

멍냥이가 나오는 꿈

흥꿔! 흥꿔!

엥.

나 꿈에서 너희 집에 놀러 갔는데

수오수의 꿈속

눈누난나~ 놀러 가야징.

나 왔음~!

이런 꿈을 꿨어.

뭐냐 수오수.
꿈속의 나

성공한 인생을
살고 있잖아.

고개를 돌리니 바로
현실이 눈앞에 들어옴.

우다다

우다다

오~ 젠장.

그리고 며칠 후 나도
비슷한 꿈을 꿨다.

찰팍찰팍

어… 뭐야
누구세…

누나는 진짜… 감격해서 눈물이 난다…

이런 날도 오는구나…

맴아 잘 쓸게! 참 예쁘게도 개어놨네.

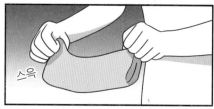

스윽

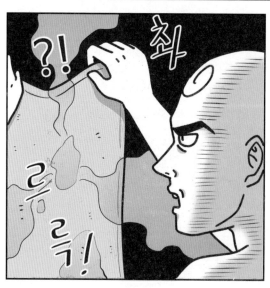

뭐지… 이 꿈은?

매미가 귀여운 꿈이었군.

납 득

엄마한테 매미 사진 보내라고 해야지.

그렇지만 엄마가 찍은 매미 사진은

너무 엄마가 찍은 매미 사진 같다.

뭐… 모땡긴 게 매미의 매력이긴 하지.

누가 못생겼냥!

일어나보니 이상하게도 어제 어지르고 잔 식탁 위가 깨끗했다.

번쩍

아니 이럴 수가! 정말로 청소 냥이가 우리 집에!

줍줍이가 하나하나 다 떨어뜨려서 여기저기 숨겨놓음.

착

이름을
잘못 지었나…

줍줍이가 줍줍!

고양이는 수시로 물건을 떨어트려요.
떨어지면 위험한 물건에 주의하세요.

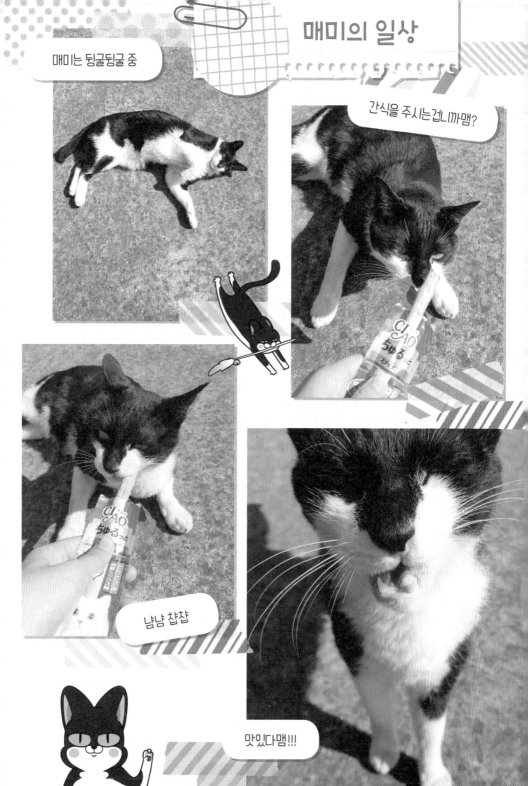

멍냥이와 집 청소

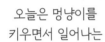

오늘은 멍냥이를
키우면서 일어나는

현실적인 문제 중
하나에 대해서
말해보도록 하자.

그건 다름 아닌 [청소]다.

비장

물론 금전적인 부분이
가장 힘들겠지요!

무서운
냥원비...

당연하고 별거 아닌 것처럼 보이지만
의외로 정말 힘든 일 중 하나인데

사람만 사는 집을
청소할 때와

우당탕

탕탕

......

멍냥이와 같이 사는
집을 청소하는 건
정말 다른 일이다.

쓰유웅

첫 번째로는 털!
멍냥이의 털들은
집 안 공기의 흐름에 실려

구석구석마다
쌓이기 시작하는데

아침저녁으로
청소기를 돌린다 해도

무한 생성!

뿜

뿜

뿜

뿜

뿜

쿨타임 없음

[털 없는 집] 같은 건
이루어질 수 없다.

옷에 털이 붙는 것이 싫어서
옷방에 출입하지 못하게 한다고 해도
소용없는 일이다.

가끔씩 나가려고
옷을 챙기는데

어떻게 들어가서
어떻게 닫은거?

삐용이
놀러 옴

밖에 나가면 항상 듣는 말.

옷장에서 한참 주무신 고양이들이
줄줄줄 나오는 경우도 있다.

동물
키우시는구나~!

하하하…

털과의 전쟁은
잘 때도 마찬가지다.

우린 이불 필요 없어.
왜냐면 털 많으니까 ㅎ

에췟취취 에취!

털이란 건… 정말

포기하면 편해…

바닥 청소도 여간
번거로운 일이 아니다.

척 척 척

멍멍이들은 하루에
네 번 산책을 하고
집으로 들어오기 때문에

발바닥을 계속 씻어주고 말리는 건
멍멍이 발바닥에 좋지 않아서
마른 수건으로만 살짝 닦는다.

그리고 바닥을
닦기 시작.

새로 산 미끄럼 방지 매트가
마침 밝은 색이라

아니, 뭐야! 회색 불렀는데
흰색 왔어!

이게 무슨 회색이야!
엄청 때 잘 타잖아…!

열심히 닦아줄 수밖에 없다.

빡빡 안 닦으면
지워지지도 않음

힘…들…어!

그렇지만 여기서 할 일이 끝난다면

집사가 아니다.

응가 치우기

너희들은 왜! 홍구만큼 *싸냐*! 왜!

고양이들이 화장실에서 나오면서

위이이이잉

파다닥

바닥에 잔뜩 흘려놓은 모래들도 치워야 한다.

집에 박스라도 있었다간

비버냥이 간다!

긁긁긁긁긁긁긁긁

온 집 안이 박스 조각들로 난리가 난다.

그리고 전에 쓰던 장판도 줍줍이가 다 갉아버렸음.

눈···물···

작은 소품들, 생활용품, 식탁이나 어딘가에 올려놓은 무언가도

촥! 촥촥!

갉갉갉

고양이들에겐 오늘의 장난감일 뿐이다.

소파는 그저 커다란 스크래처일 뿐.

벽벽벽 벽 벽

이젠 뭐라고 할 힘도 없다···

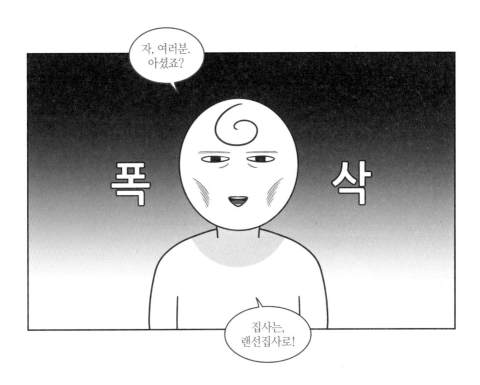

반려동물을 입양할 예정이라면 털 알러지 검사를 미리 해보세요.

멍멍이와
호텔 고르기

가끔씩은 집사도
집을 비워야 할 때가 있다.

우리 둘 다 같이 제주도 집에
내려갔다 와야 할 것 같은데…

음…

구는
어떡하지?

그러게요.

……

펫…시터?

삥!

모르는 사람한테
맡기다니
절대 안 돼!!!

콜이 씨한테 좀
봐달라고 할까?

윽, 그것도
불안해서 안 돼요.

저번에도 콜이가 봐줬다가
이상한 사람이 찝쩍대고

강아지도 예쁜데 저랑
영화 같이 보러 가죠?

아 싫다고요

개를 말이야 어?!

자꾸 시비 거는 사람 생기고!

우리는 익숙하니까 그래도 피해 다니거나 적절하게 대처를 하지만

콕이만 혼자 구들을 보기엔 불안할 만한 상황이 너무 많아요.

음… 그렇긴 하죠…

강아지 호텔?

으악! 호텔 절대 안 돼요!!!

구들같이 친구 가려 사귀는 애들을 어떻게 막 그런 통제도 안 되는 곳에 풀어놔.

그런 데는 당연히 안 되죠!

찾아보면 운동장에서 따로 산책시켜주는 호텔도 있을걸요?

그래요?

그래서 강아지 호텔 찾기에 나섰다.

타타닥

타닥

제발 나와라아아아아아앗~!!!

여긴 훈련소 겸 호텔이네요. 운동장에서 정해진 시간마다 개별 활동 가능하고.

대신에 하루 한두 번 나가는 걸로 구들 배변이 해결될지…

탈락!

여기는 운동장도 개별로 여러 번 쓸 수 있고요.

대신에 자는 곳이 얇은 판자로만 나뉘어 있네… 그럼 엄청 스트레스받을 수도…

탈락~!

까다롭기 때문에
아무 데나 맡길 수 없어서
다행이라는 생각도 들고요…

그렇죠. 사건 사고가
많으니까.

결국 수소문 끝에 모든 조건에
맞는 곳을 찾을 수 있었다.

작은 원룸을
따로 쓰는 형태에…

큥큥큥

큥큥

다른 강아지랑 마주치지
못하게 할 수 있고

하루 운동장
다섯 번

울타리도
다 돼 있고

강아지를 잘 기른다는 건 정말 어려운 일이라는 걸 또 한 번 느끼네요…!

처가 한번 가기 힘들다!

구들 때문에 집에 하루 이틀 다녀오는 일까지 어려워졌다는 생각이 들었지만

분명히

훨씬 더 많은 것들을 받고 있기 때문에

구들아 보고 싶었어!

그런 수고로움도 아무렇지 않다고 느낄 수 있었던 하루였다.

반려견의 특성에 맞춰 다양한 호텔을 이용할 수 있어요.

재구 홍구의 데이트

벗꽃이 만발한 봄을 맞아

재구 홍구에게 데이트를 시켜주기로 했다.

야, 벗꽃 보러 멍멍이들이랑 ㄱㄱ

암컷 강아지 두 마리를 키우는 친구에게 전화를 걸어

ㅇㅋ

너희들, 여자친구한테 잘 보여야 하니까 누나가

예쁜 꽃목걸이 만들어줄게!

커어어어어…

마감 후의 인간…

Z Z Z

팍

쎡

그냥 가기로 했다.

그리하여 도착한 공원!

우중충…

뭐야 여기 왜 왔개?

꼭 놀러 나온 날은 날씨가 불안하다.

하지만…

봄이

설이

안-녕!!!

까아

악

구들에게 날씨 따윈
아무래도 상관없었다.

구들은 봄이와 설이가
너무너무 마음에 들었나 보다.

안녕하개.

킁킁

우리
같이 놀개.

심드렁…

왕깡깡깡!!!!!

어멋…!

날 찬 여자는

누군!

네가 처음이개ooo!

구야, 봄이랑 설이는
너희들보다 내가 훨씬 좋대~

개보다 인간을
훨씬 좋아함

앵김

우쭟쥬 귀여워~

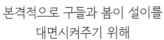

본격적으로 구들과 봄이 설이를
대면시켜주기 위해

돗자리
가져왔지롱-!

앉을 자리를 찾아
헤매기 시작했는데

벚꽃이 왜 이렇게
가파르게 있냐…

그래도 벚꽃 밑 자리를
포기할 순 없지!

겨우 평평한 곳을
찾아냈다.

여기다
돗자리 깐…

까아아악!!!!

죽은 뱀이 있었음.

콩콩콩 콩콩콩
이게 뭐람

모두 꽃놀이
뱀 조심합시다

야야야 하지 마!
냄새 맡지 마!

저기라도
가자!

자리 찾느라
시간 다 버렸다.

힝…

왕꺙깽꺙!!

재구와 홍구는
가는 내내 차임.

정자에 도착해서

잠시 멍멍이들만의
시간을 주고

너희들 비 많이 맞으면
목욕해야 돼 바보야!

봄이랑 설이
배웅해줘.

안녕 집사야.
나도 간다.

나와라 이놈아.

그날 빗방울에
떨어지는 벚꽃처럼

기대하게
하지나 말지!

재구 홍구의 마음도
무너져 내렸다.

반려견에게 가끔씩은 즐거운 데이트를 선물해주세요!

멍냥이의 모닝콜

매일 오전 10시가 되면

동물적인 감각으로 알아낸
오전 10시…!

어김없이 멍냥이들의
모닝콜이 시작된다.

첫 번째 타자는 욘두!

골골송
시동 거는 중

고롱- 고로롱-!

욘두는 끝나지 않는
골골송과 함께

고로로로로로로로롱-!

부빗

부빗

약 1시간 동안
비비기를 시전하는데

아마도 턱이 까끌까끌해서
기분이 좋은 것 같다.

에취…! 에취…!!!

깜짝!

종구 기침 소리
때문에 기상

침대에 올라온 홍구는
자세를 잡고

발톱으로 얼굴과 목을 긁는다.

발바닥이 사포 같음

목을 긁어주지 않으면
멈추지 않기 때문에

아무리 졸리더라도
한 손으로는 목을 긁어주고
있어야 한다.

적당히 목이 시원해진 홍구는
애교 모드에 돌입하는데

꾳?

여섯 살 아저씨의 애교

정작 종구는 잔다고
쳐다보지도 않는데

귀엽네…

애교 폭발

온몸으로
애교를 부려본다.

어느 순간 급정색.

그러고는 사라진다.

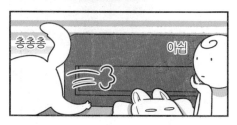

총총총

아십

그리고 나서 아주 잠깐의
꿀잠 타임을 가지면

재구가 등장한다.

씰룩쌜룩

씰룩쌜룩

침대에 올라온 재구는
무서운 속도로 '얼굴 핥'을
시전하기 때문에

흐지 마으이…!

핥

핥

핥

얼른 이불을 뒤집어
써야 한다.

아… 냄새…

침 + 상처 + 털
기상 성공!

줍줍이는 아직 춥춥이 모드를
벗어나지 못했기 때문에

춥춥… 춥…

춥춥이 : 추워서 따뜻한 곳을
벗어나지 못하는 줍줍이

뜨끈… 뜨끈뜨끈

집사가 일어날 때까지

골골골…

전기장판과 한 몸이 돼 있다.

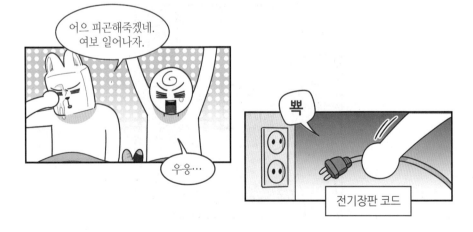

어으 피곤해죽겠네.
여보 일어나자.

우웅…

뽁

전기장판 코드

끄지 마…!
끄지 마…!!!!

줍줍이가 모닝콜을
안 해주는 이유.

강아지들은 언제나 같은 시간에
같은 활동을 하는 것에 안정감을 느낀대요.

멍멍이와 간식 만들기

구들은 옥상 정원에서
장난감을 가지고 놀 때면

헉… 헉헉!

앙!

본격
인간 트레이닝

꼭 장난감을 인간이 들어갈 수 없는 곳에 숨겨놓는데

야 이놈아! 숨겨놓고 놀아달라고 하면 어떡하라고!

도저히 꺼낼 수 없어서

어이...

왜 안 놀아주개?

너 때문이잖아.

그냥 구가 다시 꺼내줄 때까지 놔둘 수밖에 없다.

장난감 개이득.

그런데 이 장난감들을 같은 건물에 사는

뽕!

구들의 여자친구가 찾아서 가져갔나 보다.

냠냠냠

챱챱챱

엄청 잘 먹네.
나도 한번
만들어줄까…?

그래서 종구와 함께
식품 건조기를 사보기로 했다.

응응
그걸로 사요.

그리고 구들이 좋아할 것 같은 뼈들도 구입!

오리 목뼈

돼지 등뼈

닭발

택배 왔습니다~!

건조기와 함께 도착한 뼈들을

깨끗하게 세척한 뒤

기다림의 시간을 가지기로 했다.

우와, 우리 이제 간식 살 필요 없는 거 아니야?

여기다가 넣으면 끝이다. 그치?

웅! 엄청 잘 산 것 같아요.

그렇게 건조 간식이
완성됐다.

뼈 종류도 먹어주고 그래야
치석 제거도 되고 좋대요.

우웅 잘됐네요~

자, 구야!

기대

만발

간식!

편식쟁이 구들!

건조 간식을 만들 땐 강아지의 치아 상태를 고려해서
너무 딱딱한 뼈는 주의하도록 해요.

강아지의 치석

치석은 음식을 먹고 몇 시간 내에 바로 생기기 시작하는데,
치석이 있으면 세균이 증식하게 되고 치은염, 치주염, 치아 탈락, 구취와 통증을 유발합니다.
또한 세균이 혈액을 타고 심내막염이나 신부전증, 간 손상을 일으키기도 합니다.

예방 방법

가장 좋은 예방법은 규칙적으로 양치질을 해주는 것입니다.
매번 식후에 해주는 것이 좋습니다. 하지만 양치질이 습관화되지 않으면 주인을 물거나
피하고 도망을 다니기도 합니다. 동물과 보호자 모두 스트레스에 시달리게 되지요.
가급적이면 어렸을 때부터 양치하는 습관을 들이되, 처음에는 칫솔을 사용하지 않고
거즈나 손가락에 끼우는 실리콘 솔로 2~3일에 한 번 정도, 1분이 넘지 않게
개나 고양이 전용 치약으로 양치를 시키고 점차 적응이 되면 횟수를 늘려가는 것이 좋습니다.
매일 닦을 수 없다면 1주일에 2~3회 닦는 것도 예방에 도움이 되니
포기하지 말고 시도해보기를 권합니다.
강아지가 물거나 도망을 다녀 양치시키기가 힘들다면 치석 제거용 장난감이나
제품화된 껌을 급여할 수 있습니다. 단, 동물의 뼈를 껌 대용으로 급여하면
삼켰을 때 장 천공이나 구토와 설사 또는 변비를 유발하므로 급여하지 않는 것이 좋습니다.
장기간 양치질을 하지 않았다면 동물병원에서 주기적으로 스케일링을 받게 해줍니다.
6개월에 한 번 받는 것을 권장하지만 동물들은 스케일링 시 전신 마취를 하게 되므로
실제 그렇게까지 자주는 하지 못합니다. 또한 스케일링 주기는 치석의 형성 정도에 따라 다릅니다.

멍냥이와 게임

나는 게임을 좋아한다.

쌔앵

딱 30분만…!

착!

평소에도 일하다 말고
간간이 게임을 즐기는 편인데

게임할 준비 끝!

……

우르르

오늘은 게임을 방해하는
멍냥이들의 유형을 알아보자.

뭐, 왜.

그 시간에 산책을 한 번 더 갔개…

재구는 내가 게임을 할 때마다 못마땅한 눈으로 쳐다보곤 한다.

애써 무시하고 게임에 집중해보지만

스윽

한숨 쉬고 간다.

퓨우우우…

…?
뭐냐 홍재구?

111

나는 성인인데
게임도 맘대로 못 하냐!

한심

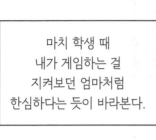

마치 학생 때
내가 게임하는 걸
지켜보던 엄마처럼
한심하다는 듯이 바라본다.

2. 뭐 함형

흐음?
모지 이건.

홍구는 내가 게임을 할 때마다
어떤 게임을 하고 있는지
화면을 들여다본다.

적당히 갸우뚱거리다가

3. 방해형

줍줍이는 내가 게임을 할 때마다
본인도 게임을 즐기는 유형인데

화면 속의 내 캐릭터를
계속 때린다.

그러다가 어느 순간
춥춥이 모드로 돌변,

뜨끈뜨끈한 화면의
온기를 느끼기 위해
온몸으로 화면을 막아버린다.

뜨끈…

투 비 컨티뉴드…

따흐흐흐흑…!

4. 안락형

마지막으로 욘두는
게임 자체에는 흥미가 없지만

…‥

내 게임하는 자세에
관심을 가지는데

욘두가 보기엔
조이패드를 잡은 이 자세가

엄청나게 안락한
소파로 보이는 것 같다.

야야 욘두야
좀 나와봐!

아! 잠깐!

ㅎㅎㅎㅎㅎ
ㄹㄹㄹㄹㄹ

발컨이 아니고
이놈들 때문임.

고양이와 함께 즐기는 휴대폰 게임도 있어요!

닮은 부분

멍멍이들은 길러준 보호자와
닮는다고 한다.

따 단

같이 살면서 닮아가기도 하고

애초에 본인과 닮은 부분이 있는
강아지를 선호한다고도 하는데

내가 처음
종구와 만났을 때도

안녕하세요!

안녕하세요~

…?

드로잉 배우러
간 학원

이분이 선생님이구나.
이상하다, 누구 닮았는데.

이건
이렇게

저건
저렇게

스윽

되게
친근하네…

고민하며 보다 보니
정들어버렸다.

왜 이렇게
친근한 걸까…

여하튼
내 스타일임.

진짜 재구랑 똑같다.
어떻게 저렇게 퍼질러 자냐.

드르렁~

쿨…

여보는 홍구랑 똑같아.
천둥 한번 쳤다고 잠을 못 자냐.

극도로 무섭
ㄷㄷㄷㄷㄷㄷㄷㄷㄷ

식성도 비슷하다.

고기파

탄수화물 & 당파

어시스턴트 콕이네도
세 마리의 고양이를 키우고 있는데

올라간
눈꼬리

ㅋㅋ
ㅋ

넷 다 눈 모양이
똑같아 ㅋㅋㅋ

정말 닮은 걸까,
닮았다고 믿고 싶은 걸까?

둘 다겠죠?

웅 ㅎㅎ

사랑하면 닮는다는 건
정말 기분 좋은 일인 것 같다.

여러분도 반려동물과 닮은 부분이 있나요?

재구와 홍구는 개칼코마니!

우리는 형제니까 발걸음도 똑같이

쉬할 때도 함께개

Holiday　　Holiday　　Holiday　　Holida

liday　holiday　holiday　holiday

우리는 노곤하개!

고양이 호야

고양이들은 생각보다
구토를 많이 하는 동물이다.

음식을 빨리 먹어서
하기도 하고

헤어볼을 토해내기도 하고
다양한 이유로 구토를 하는데

작업실 - 후월털러털

일어났으니까 마감 가즈아!

수오수

허노인

배야

그리고 호야
(번식왕)

호야오오옹

이름 : 호야
특징 : 『극지고』 다수 출연,
　　　허노인네 고양이

호야는 이제껏 본 고양이 중
단연 왕대두 3등신 고양이로

고양이계 왕미남.

아무한테나 부빗대는
핵인싸력을 자랑했다.

부빗~

그럼에도

우리는 호야가 옆에 오면
긴장할 수밖에 없었는데

호르신…
절로 가라…

호야 어르신

그 이유는 바로!

웨에엑

나이가 들어 쇠약해진 호르신은
다른 고양이들보다 토를 자주 하는
편이었다.

문제는

영 좋지 못한 곳만
골라서 한다는 것…

고맙다…

호야의 페이버릿 토 스팟 첫 번째는
모두의 의자 위였는데

안 돼…
제발…!

호야를 피하기 위해
장애물을 설치해봤지만

뭔가
올려놓기

호야는 장애물 따위에
굴복하지 않았다.

제발… 그만!!!!!

그래서 호야가
이상한 낌새를 보일 때마다

영업 끝났습니다.
다른 곳으로 가세요.

쳇.

접근을 막거나 하는 방법을
시도해봤는데

흥···!

폴짝!

호야는 가장 높은
책장 위로 올라가서

토 브레스를 시전했다.

차아아

까야아아악

오···
마이 깟!!!!!

그래도 우리는 호야가 있어서
힘든 마감 지옥도 견뎌낼 수 있었다.

호야 옹
골골 해줘~

고롱...

고로롱...

정   색

딱!

얼ㅋㅋㅋㅋㅋㅋ
딱 소리ㅋㅋㅋㅋㅋㅋㅋㅋ

호야가 때린
소리였어
ㅋㅋㅋㅋㅋㅋㅋ

가른마가
불쾌하군

ㅋㅋㅋㅋㅋㅋㅋㅋ

너란 고양이…

알 수 없는 고양이…

고양이가 너무 자주 토한다면 병원에 문의해봐야 해요.

멍냥이와 뱃살

네이버 파티 가서
받은 체중계

135

더워서 상대적으로
시간이 줄어든
산책 때문이었을까,

아니면 나 때문이었을까.

그러기엔 너무 많이
쪄버리긴 했다.

하지만 배가 나와서
좋아진 점 하나.

욘두가 꾹꾹이를
해준다~!!!

말랑해욘…!!!

극도로 말랑한 곳이 아니라면
절대 꾹꾹이를 하지 않는 욘두가

기분 좋지만
기분 나빠!

뭔 소리야.

내 배에도 꾹꾹이를
해주기 시작했다.

그리고 종구가
소파에 누우면

고양이들이 종구 배로
올라가서 누움.

멍멍 베개 & 멍멍 발 거치대

편안~

이 안정감…!

퓨우우…(귀찮)

이건 행복이야.

이건 안정감이에요.

똥이야 바보들아.

여보~

네~~~

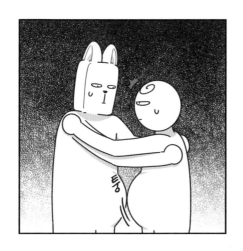

빼야겠다.

응.

날씨가 더워지면 산책 중 강아지의 열사병에 주의해주세요.

종구의 잠

종구에게는
특별한 능력이 있다.

가까운 누군가를
잠에 빠져들게 하는 능력…!

그런 능력 외에 본인의
잠 능력치도 대단한 편인데

예전에 종구와 함께
워터파크에 갔다가 생긴 일이다.

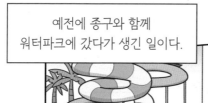

사람이 없는 한산한 시간…
그 와중에 또 졸려를 시전한 종구는

유수풀에서 물에 둥둥 떠
자기 시작했는데

잠시 후

헐레벌떡

구조 요원들이 잠에 든 종구를
손으로 찔러보고 있었다.

설마

콕 콕

아오
일어나!

찰싹

찰싹

오잉?

둥둥 떠 있으니까
기분이 좋아…

화끈

그냥 떠 있지 말고
손으로 나 잡고 있어.
알았지?

웅.

이 능력은 멍냥이에게도
해당하는 것이었으니

요온두야~
(목소리도 졸림)

도롱… 도로롱…

커어어어어…

온갖 물건들을
떨어뜨리고 놀던 쭙쭙이도

쭙쭙이냐
떨떨이냐.

자라.

이렇다 보니
종구가 잠을 자면

저기가
꿀잠 스팟이다!!!

우르르르

모두가 종구의
옆으로 몰려간다.

하이
나 일하러 왔…

훅!

……

자라

쿠우울

고양이의 골골송을 들으면 잠이 잘 온답니다.
실제로 안정된 기분을 느끼게 해주는 효과가 있다네요.

개와 고양이의 수면

개는 평균 12~14시간, 고양이는 12~16시간을 잡니다.
태어난 지 얼마 안 된 신생 동물은 하루에 20시간을 자며,
그레이트 데인이나 피레니즈같이 큰 개는 작은 개에 비해 더 많이 자고,
나이 든 동물의 수면 시간이 어린 동물보다 더 깁니다.

수면은 뇌파 분석에서 입면기, 경수면기, 중등도수면기, 심수면기, 렘수면기로 나뉘는데,
렘수면기에는 대부분의 경우 꿈을 꾸며 모든 포유류는 렘수면에 들어갈 수 있습니다.
즉, 개나 고양이는 다람쥐나 새를 쫓는 것과 같은 꿈을 꿀 수 있습니다.
실제로 개나 고양이가 잠을 잘 때 다리를 떨거나 눈꺼풀이 떨리는 것을 볼 수 있지요.
렘수면 단계에서는 잠에서 깨어날 수 있는 정도의 꿈을 꾸는데,
심한 렘은 동물에게 더 많은 피로를 유발할 수 있습니다.
개들은 빨리 심수면기에 들어가고 또 빨리 깰 수 있으며
심수면기에는 심박수가 감소하고 혈압이 낮아집니다.
고양이는 개와 달리 경수면을 더 많이 한다고 합니다.
개와 고양이는 사람과 달리 쉽고 빠르게 일어나므로 사람보다 더 많은 수면을 필요로 합니다.
개와 고양이는 또한 유연하게 잘 수 있어 주인이 음식을 급여하는 스케줄과
주인의 수면 패턴에 맞춰 수면 사이클을 조절할 수 있습니다.
수면 시간이 너무 길거나 짧은 경우 불안감, 관절염, 갑상선 이상에 의한 것일 수 있습니다.
이때는 병원 진찰을 받아보는 것이 좋습니다.

멍멍이의 입질

가끔씩 사람들이
하는 질문들 중에

구들은 이럴 때
어떻게 해요?

이런 것들도 있다.

구들은 이렇게
한 적 있어요?

구들이 입질한 적
있어요?

오잉!?

그리고 보니 구들은 어릴 때조차도 나에게 입질을 해본 적이 없다.

자기들끼리는 열심히 함

앙

앙!

너희들 뭐 하냐…

으음, 더 열심히 생각해보자면…

짜샤!

텁!

간식 먹다가 내 손도 같이 문 거 정도…?

홍구는 간식도 정말 조심조심 받아먹는다.

살짝~

예전 홍구와 재구가
아직 한 살배기일 때

서로 열심히 장난치다가

장난이 진짜 싸움으로
번진 적이 있었다.

불이 붙어버린 구들의 싸움은
쉽사리 말려지지 않았고

광장히
위험한 행동이므로
따라 하지 마세요

뭐야 홍재구…
좀 감동했다…

훌쩍

그에 반해 한 살배기 매미는
나에겐 공포의 대상이었다.

맴아 장난감
꺼내줄게~

슉

때마침 놀러 온 친구.

뭐야… 무서워…

집에 왜 삵이 있어…

나 그냥 갈래…

덜덜

덜…

가지 마!!!

정말 고양이들은 냥아치가 맞는 것 같다.

냥아치 매미.

입질 문제가 심하다면 꼭 훈련사님께 상담을 받아야 해요.

멍냥이와 벌레

제주도 본가에는
벌레가 엄청 많다.

나름 귀엽

지나가던 풍뎅이에 맞아서
이마에 혹 남

매년 여름마다 지네 물리기
신고식도 치러야 할 정도로…

아얏!!!

결국 응급실에 다녀왔다.

통   통

매미는 그런 우리 집에서

매오오옹~

곤충 채집 소년 매미(이)가 나타났다!

벌레 잡기라는 큰 역할을 담당하고 있다.

맴아 저기 왕거미!

!!!

벌레가 열심히 움직이는 게 아니면 어디 있는지 못 찾는다.

??

?

어휴 멍청이야.

가만히 놔두면 벌레의
사지를 찢어놓기 때문에

얼른 밖에 놔줘야 한다.

매미는 날아다니는 모기를
잡을 때도 유용하다.

매미
일발 장전!

철컥

모기가 날아다니는 쪽으로
들어주면 된다.

찹!

차찹!

우리 맴
잘한다!

물론 가만히 놔둬도
알아서 잘 잡음.

찹

찹찹!

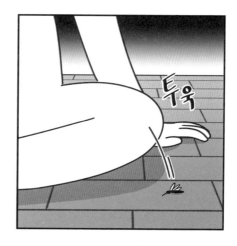

고양이는 타고난 벌레 사냥꾼이에요!

사냥꾼 매미

멍냥이 성대모사

멍냥이의 성대모사를 하는 건 정말 재미있는 일이다.

앾깸! 깸꽁!

ㅋㅋ ㅋ ㅋ

왕눙눙!!

물론 멍냥이들에게는 이렇게 들릴 수도 있지만…

아 따라 하지 마라

따라 흐지 므르~

!!

우워엌~

종구는 특히 멍멍이들의
성대모사를 잘하는데

멍멍이
하품 소리

우워럵~

ㅎㅈ ㅉㄹ

얶ㅋㅋㅋㅋㅋ
똑같네ㅋㅋㅋㅋ

놀이해서 신난 구들.

헥헥헥헥!

헥헥헤

오, 나 따라
할 수 있어!

멍멍이들의
웃음소리

그리고 산책하는데
구들이 고집부리면

여보
줄 잡아봐요.

?

고오집!

척척척

킁킁킁...
킁킁

?

끼끼잉낑낑끼깅!

!!

!!!

구가 쥐 냄새 맡으면
내는 소리

줍줍이 성대모사는
줍줍이에게도 통한다.

줍줍아
줍주바.

?

콕콕

얠옹―

???

얠옹?

줍줍이는 뭐라고 들어서
대답을 했을까요?

글쎄 ㅎㅎㅎ

......

얍옹-
(내 엉덩이 더러워)

???

얍옹???
(미쳤습니까 휴먼???)

내 얍옹 소리를 들은
줍줍이

강아지들은 헥헥거리는 강아지 웃음소리를 들으면
덩달아 기분이 좋아진다고 해요.

멍냥이의 빗질

멍냥이들을 부르는 소리는
간식 봉지 부스럭거리는 소리와

부스럭

애~~~~오
애오오~!!!!!

우르르

얠…!

빗을 바닥에 툭툭
두드리는 소리가 있다.

툭툭

차차착

그냥 부를 때도
와라 좀.

오늘은 멍냥이들이 좋아하는
빗질에 대해서 알아보자.

우리 집 멍냥이들은 모두 다
빗질을 좋아하는데

셀프 빗질

어흐…!
시원타!

욘두는 그중 가장 늦게
빗질에 익숙해지게 됐다.

스윽

처음에는 빗을
굉장히 싫어했던 욘두는

폴짝!

욘두야아~

중구한테 몇 번 안겨서
턱 쓸기를 당했더니

턱 쓸기 :
하루 종일 수염을 안 깎으면
엄청나게 까칠한 수염이 자라나서
마치 질감이 사포처럼 변한다

갸아악

그 까끌까끌한 턱으로
멍냥이를 쓸어주면

좋아

요오오오오오온…!

나중에는 빗질도 엄청 좋아하게 돼버렸다.

고로로로로록고로록

그래서 우리 집의 빗질 시간은 경쟁이 무척 심한 편인데

일단 빗을 보고 첫 번째로 달려오는 건 재구다.

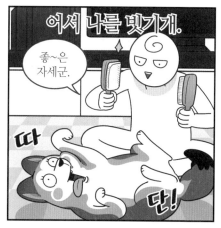

멍멍이의 몸에 빗을 대는 순간

한껏 당겨진
입꼬리

빗기는 방향에 따라
자세가 달라진다.

그렇게 시원해 보이는 표정을
하고 있는 재구를 본 홍구는

그럼 나는 더 앞으로 간다.

내가 더 앞으로.

기우뚱

어쩌라는 걸까.

결국엔 그냥 양손으로 해주게 된다.

뿜 뿜 뿜 뿜 뿜

만-족

고양이들도 빗질을 하고 싶어서 오는데

얍-옹

애애애앵

빗질을 해주기 전까지 끊임없이 구들 몸에 비비기 때문에 구들은 귀찮아서 얼른 가버린다.

털을 손질하는 건 반려동물에게 아주 중요한 일이에요.
빗질과 함께 애정도 같이 채울 수 있답니다.

강아지와 고양이
빗질해주기

강아지

장모종 강아지라면 매일 빗질을 해주고 한 달에 한 번은
미용실에 데려가 발톱 정리, 귀 청소, 엉덩이와 발바닥 미용을 해줍니다.
매일 빗질을 해주지 못하는 경우라면 2주에 한 번은 미용실에 데려가
관리를 해줘야 피부와 털이 건강한 상태로 유지되는 데 도움이 됩니다.
단모에서 중간모 강아지는 장모종처럼 털이 엉키지 않으므로
6~8주에 한 번 미용실에 데려가 털을 짧게 밀어주기도 합니다.

고양이

장모종은 매일, 단모종은 1주일에 2~3회 정도 빗질을 해줍니다.
과체중 혹은 아픈 고양이는 스스로 그루밍할 기회가 적으므로
빗질을 더 자주 해줘야 합니다.
털이 많이 빠지지 않고 단모종인 경우 빗질 횟수를 더 줄여볼 수 있으나
털이 많이 빠지는 시기에는 더 자주 빗겨줘야 헤어볼이 생기는 것을 방지할 수 있습니다.
마지막으로 고려해야 할 사항은 고양이의 선호 정도입니다.
고양이의 반응에 따라 빗질 횟수를 가감합니다.

피부와 털은 건강상 문제가 있을 때 제일 먼저 이상 징후를 보일 수 있습니다.

건강한 강아지와 고양이는 심한 털 빠짐이 없고 털에 윤기가 있으며 비듬이 없습니다.

빗질은 사회화, 탈모 예방, 피부 질환이나 몸의 이상 조기 발견,

외모 관리 측면에서 필요한데, 빗질을 통해 사람이 접촉하는 것에 익숙해질 수 있으며,

매일 저녁 빗질을 해주는 것은 사람과 동물 모두에게 편안함을 줍니다.

빗질에 익숙해지면 뭉친 털을 제거하거나 털에 붙어 있는 이물질을

수월하게 제거할 수 있고 나아가 발톱을 깎을 때도 도움이 됩니다.

탈모는, 완벽하게 피할 수는 없지만 매일 빗질하고 주마다 목욕을 해주면

피부 분비샘이 자극되어 피부가 건강하게 유지됨과 동시에 털이 모낭에 잘 고정됩니다.

털이 잘 정돈돼 있으면 눈, 치아, 귀가 외관상 잘 드러나 보이므로

이 부위들에 이상이 생길 경우 빨리 알아차릴 수 있답니다.

1미터의 삶 (1)

내가 아주 어렸을 때도
우리 집은 강아지를 키웠다.

지금도 기억나는
이름들인

점박이

방울이

순이 칠이

로보

초등학생이었던 어린 나는

강아지들이 너무너무 좋아서 수시로 내 간식을 가져다가

강아지와 함께 반씩 나눠 먹었다.

지금 생각해보면 정말 위험한 짓이었다.

이것처럼 지금 내가 구들과 사는 것과

내가 어릴 때 길렀던 강아지들과 사는 방식은 너무 많은 차이가 있다.

가장 큰 차이는
1미터의 삶이라는 거겠지.

구들은 나와 함께
하루 네 번의 산책과

집에서의 휴식을
같이하는 반면에

예전에 키웠던 강아지들은

한눈에 봐도 짧은 1미터 줄의
삶을 살아가고 있었다.

1미터의 짧은 줄에 묶여

집을 지키고 잔반을
처리하는 개들.

여전히 많은 곳에서는
이런 삶을 사는 강아지들이 있다.

짧은 줄에 묶여 사는
불안함에

안절

부절

같은 자리를
왔다 갔다 하기도 하고

줄에 묶여 있어서
자기를 지키지 못할 거라는
불안 때문에

누군가가 보이면
사납게 짖는다.

험한 날씨를 그대로
견뎌야 하기도 하고

당연히 산책도 없다.

그리고 내가 키워왔던 강아지들은
모두 3년을 넘지 못하고

나 몰래 팔려가
버리거나

줄이 끊겨
사라져버리거나

또는 개장수가 몰래
훔쳐가기도 했지.

끼잉..!

낑낑

어린 나는 서럽게 울었지만

내가 길렀던 강아지들은
나와 함께 살던 때도

속으로 서럽게 울었을지도 모르겠다.

점박이가 줄이 끊어졌을 때
돌아오지 않았던 건

정말 오래간만에 맛본 자유가
너무 행복했기 때문일지도 모르겠다.

 여러분의 어린 시절에도 1미터의 삶을 살던 강아지가 있었나요?

1미터의 삶 (2)

단순한 학대를 당하는 강아지들과

1미터 줄에 묶여 평생을 사는
강아지의 다른 점은

1미터 줄에 묶여 사는 강아지의
보호자 중 많은 사람들이

그 강아지를 사랑한다는 것에 있다.

이는 어릴 때의 나처럼
내가 해준 사랑의 방식이

오히려 강아지들을 불행하게
만든다는 것을 모르기
때문이 아닐까 싶다.

지금도 생각한다.
그때 내가 강아지들이 산책을
원한다는 걸 알았다면

매일같이 산책을 시켜줄 수
있었을 텐데.

하루 종일 1미터란 공간 안에서
그저 무력하게 있어야
했다는 걸 알았다면

줄이라도 길게 만들어
줬을 텐데 말이다.

내가 방 안에만 갇혀져서는
도저히 제정신으로
생활할 수 없는 것처럼

1미터의 삶을 사는 강아지들도
같은 기분일 것이다.

내가 강아지가
너무 좋아서

내가 먹는… 강아지에게는
위험했던 간식들을
많이 줬던 일도

할머니가 사료를 잘 먹지 않는
구들을 위해

고기를 넣은 된장국을
끓여줬던 것과
같은 마음이었을 것이다.

그래서 사랑은 상대를
잘 아는 게 중요하다.

강아지에게 주는
사랑도 그렇다.

물론 강아지와는
말이 통하지 않기 때문에
많은 공부를 해야겠지만

아~ 그랬구나.

내가 많이 아프고 힘들었던
몇 년간의 시간 동안

구들과 매미는 나에게
꼭 필요한 사랑을 줬다.

너희들이
나의 가장 힘들었던 시절에
나에게 준 애정을

아마 나는 평생
갚아야 할 거야.

반려동물이 어떤 것을 원하는지에도 귀 기울여주세요.

구들은 도시견

갓 도시로 상경한
시골 개였던 구들.

구들은 도시에 완벽하게
적응해버렸다.

큰 개를 봐서
화가 잔뜩 난
강아지들이

왈왈왈왈왈
왈왈와르르르륵!!!

맹렬하게
짖어대도

집에서는 기본 음소거 모드.

비버줍이 박스를
끊임없이 갉아내도

갉갉
갉

저런
몰상식한…!

쒸익 쒸익

멍!

찍
찍

홍재구
훌륭해~

지나가던 사람들에겐
자연스러운 인싸- 모드.

안녕하시개~

만져도
돼개.

보통은 보호자의 인사성이
반려견의 좋은 사회성에
영향을 미친다고 하지만

안녕하세요~

좋은 사람
인가봐!

나는 반대다.

와아
안녕, 얘들아~

(부끄)

안녕하개~

잠깐
서보시개.

= 분명 개들에게 물어봤지만
대답은 개에게 빙의한
보호자가 해야 한다.

또 한 번 물어보기.

응? 너희들은
이름이 뭐야~?

나에게는 어떤 시선도
주지 않는다

··· 재···재구
홍구요···

와, 너희들은
이름도 예쁘구나~
아이, 귀여워.

역시 사람에게 들은 말이지만
개에게 대답해준다.

너는
이름이 뭐니?

애는 재구고요!
애는 홍구입니다!

강제 인싸력 높이기 훈련.

정말
예쁘다~

감사합니다!

실제로 작가는 구들 때문에
인싸력이 많이 늘어났다.

그렇게 구들은 도시 생활에
완전히 적응했고

하지만 적응 못한 건 나였다.

도시 답답해…!!!

반려견과 함께 도시에 살고 있다면
이웃의 소리에도 귀 기울여주세요.

관종 구들

도시 생활의 마지막

여느 때와 다름없이 갑갑해서 죽어가던 도시 부적응자 H 씨.

쾽...

아니, 다들 숨 막혀서 어떻게 사는 거지?

나만 갑갑한가.

앞뒤로 건물 올라가는 소리

와장창 콰과과콰쾅

비타민D를 주사로 맞아야 하다니~!!!

빛이 안 들어오는 집

뚜르르

응,
엄마, 응.

삑

엄마는
마덜
010-XXXX-XXXX

엄마가 외할머니
옛날에 살던 빈 시골집
고쳐서 써도 된댔음.

어머나
어머나!

!

뚜르르

헐, 내 친구도
제주도로 이사 간대.

거봐 운명이라니까!
가야 돼, 가야 돼.

나도 가야 돼!

어우 깜짝이야.

넌 원래부터 도시에서 태어나서 살았으면서 왜 그래!

난… 난 이제 여기서 숨을 못 쉬겠어…!

켈록 켈록…

다 같이… 가는 거야!!!

구야, 할머니 보러 가자. 할머니가 구들 보고 싶대. 할머니!!!! 맴아!!!

그렇게 시즌 1 「멍멍이와 이사 가기」에서
말했던 꿈은

현실로 이루어지게 된다.

시즌 3에서 다시 만나요! 그때까지 모두 안녕!

반려견과 함께 비행기 타는 법

어떻게 예약하는지부터 알아볼까요?

먼저 항공사가 정하고 있는 규정에 대해 알아볼게요.

반려동물과 운송 용기의 총 무게가 7kg 이하인 경우 : 기내로 반입

반려동물과 운송 용기의 총 무게가 7kg 초과할 경우 : 위탁수하물로 탑재

반려견의 크기와 몸무게에 따라 기내 동반 탑승의 가능 여부가 정해집니다.

자세한 규정과 케이지 사이즈는

각 항공사의 홈페이지에서 확인할 수 있습니다.

여행 일정을 계획하기 위해 항공편을 조회합니다.

저희 부부의 경우, 홍구 재구를 위탁할 때는 화물칸 온도 조절 장치를 탑재하고 있는 비행기를 선택합니다.

예를 들어 대한항공의 경우, B737 기종을 제외한 모든 비행기가 온도 조절 기능을 탑재하고 있습니다.

그다음 항공사 고객센터에 전화를 걸어 원하는 항공편에 위탁 반려동물의 자리가 남아 있는지 확인합니다.

만약 자리가 있다면 전화를 끊고 바로 예약을 합니다.

항공편 사람 예약을 마치고 다시 고객센터에 전화를 걸어 해당 항공편에 반려동물 위탁 예약을 합니다.

이때 시간이 지연되어 자리가 차버리면 예약을 취소하고 다른 항공편을 다시 알아봐야 하므로 빠른 진행을 권합니다.

유의 사항은 2019년 4월부로 대한항공에서 단두종의 개와 고양이의 탑승을 금지하고 있기 때문에 이 경우엔 항공편을 이용할 수 없습니다.

단두종에 대한 자세한 품종과 규정은 구글링을 통해 쉽게 알 수 있습니다.

맹견류와 맹견류의 믹스종도 이용을 금지하고 있습니다.

맹견의 종류

- 도사견과 그 잡종의 개
- 핏불 테리어와 그 잡종의 개
- 로트와일러와 그 잡종의 개
- 마스티프와 그 잡종의 개
- 라이카와 그 잡종의 개
- 오브차카와 그 잡종의 개
- 캉갈과 그 잡종의 개
- 울프독과 그 잡종의 개

대한항공 홈페이지의 맹견 및 단두종 종류 안내

그럼 사랑하는 반려견과 함께 안전한 여행이 되시길 바랍니다.

[반려견과 함께 비행기 타는 법]의 더 자세한 내용을 원하신다면 유튜브 노곤하개냥TV를 참고해주세요!

노곤하개 ❻

글·그림 | 홍끼

초판 1쇄 인쇄일 2019년 6월 24일
초판 1쇄 발행일 2019년 7월 1일

발행인 | 한상준
편집 | 김민정·김하나·손지원
자문 | 한준근(분당 펫토피아동물병원 원장)
디자인 | 김경희
마케팅 | 강점원
관리 | 김혜진
종이 | 화인페이퍼
제작 | 제이오

발행처 | 비아북(ViaBook Publisher)
출판등록 | 제313-2007-218호(2007년 11월 2일)
주소 | 서울시 마포구 월드컵북로 6길 97(연남동 567-40 2층)
전화 | 02-334-6123 전자우편 | crm@viabook.kr
홈페이지 | viabook.kr

ⓒ 홍끼, 2019
ISBN 979-11-89426-59-0 04810

• 이 책은 저작권법에 따라 보호받는 저작물이므로 무단 전재와 복제를 금합니다.
• 이 책의 전부 혹은 일부를 이용하려면 저작권자와 비아북의 동의를 받아야 합니다.
• 이 도서의 국립중앙도서관 출판시도서목록(CIP)은 e-CIP홈페이지(http://www.nl.go.kr/ecip)와
  국가자료공동목록시스템(http://www.nl.go.kr/kolisnet)에서 이용하실 수 있습니다.
  (CIP 제어번호 : CIP2019023623)
• 잘못된 책은 구입처에서 바꿔드립니다.